Wendu
——Zoujin Chuntian

温度
——走进春天

李国坚 ◎ 著

时代出版传媒股份有限公司
安徽文艺出版社

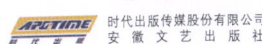

李国坚，笔名独上西楼，文学创作三级，中国诗歌学会会员，中华诗词学会会员，中国网络作家协会会员，中国楹联学会会员，广东省作家协会会员，深圳市文艺评论家协会会员，深圳市民间文艺家协会会员。第十届安化县政协委员、文教卫体与文史委员会委员。诗作参展了2017年广东新诗百位诗人百年大展，在省级、国家级文学刊物发表大量作品，出版诗集《幸福再深一度》《迎光者》等。

Wendu
——Zoujin Chuntian

温度
——走进春天

李国坚 ◎ 著

时代出版传媒股份有限公司
安徽文艺出版社

图书在版编目（CIP）数据

温度：走进春天/李国坚著.—合肥：安徽文艺出版社,2024.3
ISBN 978-7-5396-7982-2

Ⅰ.①温… Ⅱ.①李… Ⅲ.①诗集－中国－当代 Ⅳ.①I227

中国国家版本馆CIP数据核字(2024)第026095号

出 版 人：姚 巍	封面插图：李宇峻
责任编辑：宋潇婧	装帧设计：张诚鑫

出版发行：安徽文艺出版社　　www.awpub.com
地　　址：合肥市翡翠路1118号　　邮政编码：230071
营 销 部：(0551)63533889
印　　制：安徽新华印刷股份有限公司　　(0551)65859551

开本：880×1230　1/32　印张：7.625　字数：152千字
版次：2024年3月第1版
印次：2024年3月第1次印刷
定价：68.00元

（如发现印装质量问题，影响阅读，请与出版社联系调换）

版权所有，侵权必究

序一

以诗为道

杨 克

孔子曰:"朝闻道,夕死可矣。"追寻大道,是古往今来读书人和写作者毕生的跋涉,哪怕黎明悟道,黄昏生命就逝去也在所不惜。然而老子已有言在先:"道可道,非常道。"也就是说,道若可以言说,就不是永恒常在之道。由是我想,李国坚的这几句诗所描述的"那些温柔的事物",与"道"颇有几分相似:

　　流水是温柔的
　　抵达的地方
　　存在于不存在
　　可能于不可能
　　没有清晰的界限

尽管如此,中国人的"经",二千年前就是"诗"。诗回到人间,回到经验,回到大地,回到世上。它与生命、爱情、日常生活相关。汉语诗人在写作中通常以诗为道。

这也是李国坚这本新作的主旨。

李国坚这本诗集，其作品写作时间主要集中在2018至2022年这五年间，而且每一首均发表过，不少还是发表在省级以上文学刊物上。作为基层作者，这相当不易，也可见报纸杂志对他写作的认可。取名《温度——走进春天》（以下称《温度》），是源于他的第一本诗集名为《幸福再深一度》，第二本诗集名为《迎光者》，他时常想，作为一名诗者，诗歌应该带给读者幸福、光和温暖，同时，作为中国传统道教一支的传承人，更应该让诗句散发光和温暖。

以诗为道，诗必须有光。

应该有一束光，照耀这一生不得一见的灵魂，然后温暖它，再温暖所有与之相通的人。

诗之为道，由思想开路，以情怀为抱，光引领我们精神上升。

20世纪90年代，李国坚便背井离乡来到深圳，历经一番困苦，诗像一束光从天而降，找到了他。他坦言，刚开始写诗是为了排遣孤独，诗之光在夜里陪伴他。后来，由于各种原因，李国坚搁笔很长一段时间。但诗歌不时会闯入他的内心，温暖他那颗孤独的心。

一切都是冥冥中注定的。其实李国坚学生时代便热爱诗歌，无论格律诗还是现代诗。他常思索这两者之间的区别。对此，他曾借用李白"两岸青山相对出，孤帆一片日边来"形容自己对格律诗和现代诗之间的关系的理解："如果说格律诗是左岸景致，那么现代诗就是右岸风光，诗如中间的河水在我们的指掌间流淌,诗意如一片孤帆从日边而来。"

李国坚有一颗纯粹的诗心,善于从繁杂的日常生活中发掘诗意。他的创作视角宽广、触角敏锐,通过日常看透本质,比如,他写"春风":

我想
把一段无形的路
折叠

放在
你的手心
或口袋

如果
不小心
放到唇边

要记得告诉我
春风
是什么味道

灵魂的在场其实就是语言的在场,它绝非仅仅对于春风才有效。李国坚诗歌的特点是在看似平淡的叙述语调和语速中，不经意间融进他内心一直追求的幸福、光和温暖，这不仅仅是一个观察者所具有的爱与美的人类意识，还显现出一个诗人使日常的叙事发生神奇，甚至神圣转义的能力。所以他的理想是把"春风"折叠，装入口袋，甚至放到唇边，可触、可闻、可亲近，他要的不是"春风"本身，而是把诗歌的天职当成是"传递人性光芒的温暖"，是的，"诗歌是有光的"，那是诗人充满了对别人的理解和关怀。

而李国坚的《仙溪！仙溪!》《资江！资江!》《安化！安化!》《益阳！益阳!》《梅山！梅山!》等组诗，包括其典型的小谣曲句法，都是这本诗集中一道独特的景观。在世界上，西班牙诗人洛尔迦是谣曲入诗的大师，这位"安达卢西亚之子"把他的诗同西班牙民间歌谣创造性地结合起来，创造了优美哀婉、形式多样、想象丰富、民间色彩浓郁的全新的诗体。这值得中国当代诗人借鉴。李国坚这类具有地域性的诗歌写作，不在于技艺如何娴熟，甚至思想怎样深刻，而在于他面对大城市时，内心的乡愁弥散对"从前"的眷恋，也为我们提供了大千世界芸芸众生的精神切片。他的诗的力量像光射进来，像一股暖流，不一会儿，你便从头到脚全被诗句的热量浸透。李国坚的这一系列组诗，让人不由得感慨，这世上究竟有多少人在为了自己的理想而活，为了自己的精神世界而借诗去建筑另一个高于尘世的栖居之地！光从上而下，李国坚处理的材料则是爱、美和自由，以诗句来回响人们的幸福和温暖。我们再看他《梅山！梅山!》，"有时，我们互为鱼/有时，我们互为渔/

有时，我们分不清娱和愉"，文字游戏不乏意味。还有《仙溪！仙溪!》："这里的每一座茶园/渐渐叶绿情浓/浓到深处/煮一壶仙溪之水作解药/化开如茶往事/从昨天到今天去往明天/茶余饭后的话题都是/仙溪！仙溪！"他在创作中体验到这个城市带给他的有所悟的喜悦，甚至有一定的抚慰和治疗功能。这些诗的精神空间极其开阔，而抒情后面的或思辨或顿悟的表达色彩浓厚，这是大于修辞的。

> 每一滴泉水
> 都从冰碛岩的心里渗出
> 都如同母亲香甜的乳汁
> 有些不同的是，在这
> 清澈，透明，纯净
> 一种液态的思念中
> 我舀起一碗泉水
> 泉水和心儿一起跳动
> 心跳的声音和节奏整齐划一
> 仙溪！仙溪！

李国坚多数是在和自己、和万物对话，外在观察和内在知觉互通，所以，读他的诗也会感觉血脉互通，尽管有的"口语"打磨不够，略显粗糙。但他也有抒情义本，语言控制适当，语调温柔敦厚，譬如这首《小满》：

江南终于沉醉

　　在这一场烟雨中

　　布谷鸟是声音清脆的信使

　　捎来一些让人微醺微醉的信息

　　小河的水渐渐丰盈

　　麦粒忙着灌浆

　　果实专注丰满

　　少年们专心充实知识

　　两耳不闻窗外

　　地里的苦菜

　　长得有了点甜味

　　还需要一些时间

　　成长自己内在的一份期待

　　外面的世界

　　一夜之间长出

　　薄如蝉翼的翅膀

　　好像一只蝴蝶

　　飞过蜻蜓的窗口

　　这样的诗里有光和温暖，这也是《温度》这本诗集整体呈现的一个诗学特质。

诗要有光。一个词，自诞生之后，就会不断被诗人的灵性选择使用，直至它成篇，成为诗之身，照亮渴望交流的灵魂。诗要有光，我们要的其实是一个闪烁着人性光芒的刹那感动。

诗要有温度。法国超现实主义诗歌的先驱之一勒韦尔迪曾经说过，"诗在生活里，就像火在木头里"，为李国坚所注目的，不是木头的物理形态，而是生命的燃烧。诗要有温度，我们要的其实是一个有血有肉的诗人，以及他的文本所给人的刹那温暖。

是为序。

杨克：诗人，编审，作家。现任中国作家协会主席团委员、中国诗歌学会会长、广东省作家协会副主席、《作品》文学杂志社社长、《网络文学评论》总编辑、北京大学诗歌研究院研究员。

序二

诗人李国坚的深度镜像

谷 风

　　一位诗人首先要对生活表现出真诚——那种由骨子里生发出来的，带有一定温度的声音。而这些真性情，不仅代表了一个诗人的品格，还彰显了诗人如何去认真考察自我实现的生活和生命体验。一个好的诗作者，要具有朴素低调的态度，更重要的是他的作品中要有作为人的精神价值的自我体现：那是不带任何修饰的东西，那是热爱生命中的全部并且自珍自爱。没有理由说一个好诗人是不带任何情绪的感染者，关键是这种情绪是否带着一份爱和真诚，带着对生活和社会现实的体察，随之去反省自身，反观自身。也就是说，诗人在一种温度中求得另一种温度，进而去影响别人，达到文本意义上的实现。就像萨特的存在主义哲学，萨特要求人活着不但对自己负责，还要对其他团体、其他人和其他所有存在的东西负责，这也就是人道主义的本质所在。作为文学作品中的诗，更要关切到一切存在和人的实质性存在问题，当然不摈弃社会性和团体性，更不摈弃自我精神价值的再实现，主要突出诗人自身的大爱观和自我修正的过程。

诗并非是私人化的卿卿我我,并不是自我情绪的宣泄,给社会以负担。诗人是自我承担责任的人,是情感上的斡旋者,是以试图矫正一切坏的根源为目的的诗意化身。古希腊人称诗人为持烛者,是照亮黑暗的人,是上帝的代言者。可以说,不论是在古代还是在现代,诗人早已被赋予了伟大的象征性的使命。

诗的内容并不只是形而上的东西。诗,更主要的是触摸情感的存在,触摸现实的存在。它表现出来的动机就是显现的本质。当然,首先是自我和他人之间关系上的感知,更是在普通的生活现实中获得的那种不可分割的情感。从这一点上来说,诗人李国坚在诗歌创作的道路上,时刻都尊崇一种"温度"上的传递。他是温情的,他是在个体的生活圈子中真正将日常诗意化的诗人。李国坚的诗集《温度——走进春天》(以下称《温度》)是他近几年来发表在各大报刊上的诗作,从中可以感到李国坚朴素低调的情愫在一种温婉的热流中涌动。他将生活日常彻底放在诗歌中展现,把一种可能影响他人和自我的情感,通过语言的化解力,酿造出一壶情感美酒,让人快意留恋。

诗人李国坚的诗集《温度》,共收录了一百余首诗歌。这些作品,不论重生活中的体悟还是重旅行中的体验,都是在寻找他物存在给予自身的一种深切关联,无不验证了他温文尔雅的心态和心迹。他通过诗歌的形式在语言中传递着情感上的认知，显现出他生活上的低调和真情，表现出了他在所有生活圈子中无不以诗意化的精神去暖化生活，去净化自我。

　　仿佛，我提着的是生活
　　早上轻一点
　　傍晚，沉一些

　　他把生命当作一只篮子，自身就是生活的显现，他早上轻一点，晚上沉一些。这是几乎没有任何掩饰的直爽的情感沉淀。他把日常的体悟毫无遮掩地拿出来，展示内心的存在。这也是一位好诗人所具备的态度和素质。当然，这不是简单的语言本身的含义，所具备的是一种深入的思考，是装上去又卸载下来，然后又沉思的一个过程。因为他说：

　　篮子里的鸡蛋
　　易碎的形体
　　有生命在破壳
　　多像我看到的小小世界

　　这些诗句很形象地比喻了生活的具体化存在，可让读者感到和摸到实质性的存在感。这种具象化的写作动机不但是情感上的转移，而且是将一种情感具体体现，这也就是存在的实感。值得体味的是诗歌中承载了一种思考的力量，试图缩小、凝聚到一个小个体之中。诗人李国坚始终是一个客观的反观者，他不急不躁地将这些沉淀的内容形象地再现出来，让读者感到一个形而下的具体形态。也就是说他将精神的存在实质化了，让读者感到实实在在的存在，这也就是诗歌存在的意义。他将我们没有意识到的东西提前摆放在眼前，体现诗人对生活存在意义的深入思考。

李国坚的诗集《温度》，处处都存放着他像捡拾沙滩上的贝壳一样的心境。事实上，他也是将生活比作了沙滩，他信步走在沙滩上去发现贝壳——那些闪着生活光芒的贝壳，那些传递着热度的贝壳。所以他给这部诗集定名为《温度》。这更进一步体现了诗人的美好心境。在他看来，生活的经历无非就是一个温度释放和传递的过程，无非就是带着一定温度去走进生活和社会现实。而这将是一种潜在的能量，并不是所有诗人都在语言中行走。李国坚的诗文就像流动或溢出来的一股热流，就像不断喷涌的温泉，滋润着生活。他在诗中写道：

走在时间的嘀嗒声上
像踩在水面的镜面上
像踩在冰面的薄面上

突然分不清
彼此隐形的裂缝

11

是自己踩痛了影子

多好的体察和感知的存在。这种诗意的存在一下子找到了一个精神的实体,他感觉到的存在其实就是一种警惕心理,对现实过滤后升华到一种理念的存在。我说,这种精神实体的出现一下子抓住了诗人的内心,抓住了读者在范例的生活中所有突出的境遇。也就是说,人与人之间、人与物之间、人与社会关系之间的距离,在他隐喻的可能性上,达成了和解。

"隐形的裂缝"在现实生活中无处不在,当你不小心踩着它,它就像你被踩痛的"影子"。这也是诗意化演绎出来的生活内涵。不得不说,这种温度是敏感的,是警觉中存在的某些东西。生活现实并非是完全美好的存在,还有一些黑暗的存在,还有一些阴影遮掩的部分,那么这些对诗人李国坚来说都是具有一定"裂缝"的形态,这是从文学解构上来处理的诗意效果。不得不说,诗人在拿捏诗性发挥上还是很自然的。这样的诗不雕琢,不刻意,而是娓娓道来的自然流动,很自然地带动了读者心境。是的,好的诗具备的是一种精神的力量,是一种思想的释放,并不是自我情感丢失的遗憾或寻找。真正的好诗一直指向生存的环境,这种大环境的影响一直牵连到诗人个体内心的触动。当一位好的诗人感到了某种存在,他会发声,他会歌唱,他提前于别人发现了。这也是好的诗人所尊崇的精神良知。没有良知的诗作者不能称为诗人。诗人的存在并不是一个名词和象征性那么简单。诗人要去主动考察生活，去体验生活，去发现生活和思考存在的一切现象和事实。所以说，诗文本的出现，在语言的行为方式上，不是语言本身的问题，而是一种内在的传达，这包含语言指向性的问题，包含语言的多义性和泛指性的存在价值体现。诗并非文本独立的存在，它引导读者走向普遍性的更深入的一层，往往带来意外的思考价值。就像海德格尔说的：语言生命在于多义。诗语具有超越品质，它并非在寻常意义上编造诗句，而是努力捕捉神奇。与"诗"相对应的"思"，并不是指一般科学意义上的理性思维，也不是指人们日常所讲的艺术的直觉思维，而是"对存在的沉思"，即对"存在"的观照、审视，对存在之真理的把握、昭示，是人本学意义上的理性与非理性的交融。是的，海德格尔对诗歌存在的阐述是深入人心的。从诗人李国坚的众多诗中可窥见一种情感上的"真理"存在，那就是他将带有一定温度的语言泛化到一种普遍认知的层面上，严格地说，诗语言的存在并不属于他自己的了。这也就验证了一句话，好的诗是给读者的一次心理梳理。有人说诗写作就像做一桌大餐，要色味俱全，味道可口。当然这与在写作过程中的细致劳作是分不开的。有什么样的精力和实践就会出现什么样的诗作，有什么样的格局就会出现什么样的诗风个性。

诗人李国坚从生活中汲取养分，他把生活的真实元素当作材料研磨到文本中，有意思的诗句是：

而后，至少

自己把自己撕开一次

自己把自己缝合一次

    严格地说，李国坚发现了自我，发现了自我与事实之间的关系，当然包括情感上的关系。他的诗，其语言不论放在任何位置上都有一种对应的效果。其实好的诗就是在文本之外找到一个对应物，不管是人还是其他客体的存在，还是一个社会性事件，诗的使命就是提前找到对应的指向，让人获得理解或情感上的支持。

    李国坚的诗集《温度》再一次印证了他生活的态度，这对他来说再恰当不过了。因为在他的诗文中大量涌现出那种温热的语言，比如"撕开自己时/你不一定看到了什么/缝合自己时/你不一定填充了什么"。比如"水茄把每一片花瓣/拉满弓/黄色的花蕊/如利箭似子弹射出/摸着胸口/凑过去闻她的芳香"。不难发现李国坚的诗还有另外一个特点，就是他善于捕捉细节的转化，这在诗歌写作中是非常重要的。我记得古希腊著名女诗人萨福就是以细节构成诗人品格的。细节写作具有重要性，尤其有传神的效果，并且能够主动担当文本"责任"，能够支撑文本内容。假定诗歌中缺失了细节的东西，只有某种意义上的象征出现，那就太空泛了。任何艺术品都必须将细节钉在首位。比如李国坚的"她们伸出舌头/俏皮地/扮着鬼脸/偷偷从背后伸出/小小如果子的拳头……"。再比如"笑靥绽放在祖国的枝头/粉红,嫣然/幸福悄然成为底色"。他写的是《桃花》,他将桃花放在精神之上去写,并非别人那样只关注主题本身。李国坚的诗试图抵达一种精神层面,他将一种存在关系上升到一个高层面去鉴赏。他写"仙溪":"这里的每一座茶园/渐渐叶绿情浓/浓到深处/煮一壶仙溪之水作解药/化开如茶往事/从昨天到今天去往明天……"其实他是用朴素的语言有意识地传递一种日常人文存在的温度,这样不仅接地气,还更具有人情味,让读者感到不矫揉造作。文如其人,通过他诗文中大量涉及的生活内容,可看到李国坚就是这样的一个人。他拿出的是真性情,是那种袒露心扉的诚恳。

我尤其喜欢保持良知写作的诗人。保持良知写作是对生活和生命的敬畏,当然,作为诗人,更是对自我文学生涯的尊重。事实上,李国坚的诗作有一种还乡情结,我说的还乡是指精神还乡。他把一种精神和情感上的体验当作一种良知上的回归,也就是说,诗人李国坚在生活中一直追寻精神和情感上的真实度,是他将生命嫁接到一种认知的层面上来获取的。荷尔德林步入其诗人生涯以后,他的诗作主题都是还乡。当然这种还乡并非李国坚的还乡。真正好的诗人是在触摸内心真实存在的东西。从这一点来说,任何优秀的诗人都从不同途径去寻找真实的东西,那种触动个人和生活的东西,那些让人忘却又无法放下的东西。这些精神上的存在在诗人的内心是一种永恒的追寻和叩问。诗人兰波说:"诗歌与我们的真实需要相联,那就是承担起我们的有限性，承认我们内心的无限性……"这也是诗人李国坚在日常生活中的一种精神需求。他说："可不可以，把爱统统交与/所有永恒的刹那，而后/在刹那间永恒。"这其实是一种诗意的态度，是对生命考察的严肃的态度。黑格尔在《艺术本质》里说，诗的首要任务就在于认识到生活中存在的各种精神力量，这就是在人类情绪和情感中回旋动荡的或平静擦过眼前的那些东西。谨作此文，与读者一起深入地去感受诗人李国坚的诗集《温度》之重。

2022 年 10 月 3 日
写于武汉

谷风：中国诗歌学会会员，谷风诗学院院长，《谷风诗刊》总编。作品见于《诗刊》《上海作家》《诗选刊》《诗歌报》《青年诗人》《诗库 2007 卷》等 100 余家报刊及诗歌选本，发表 500 余篇（首）作品。

序三

诗歌的温度

孙 夜

诗人李国坚不抽烟,但写烟;从不喝酒的人,却去写酒,甚至他写酒的诗还被谱曲传唱;他也经常出现在活动或聚会当中,但向来话语很少,很少当众表现自己,他有他自己的表达方式:像一个"旁观者"参与其中。他是一个清醒、平静的人,同时又是一个真诚的陪伴者,这些品质都是很可贵的。所以诗人所提供的诗歌,都是真实可感的,娓娓道来,不急不躁,就像诗人在生活中与人的交流,亲切而平和,不造作、不纠结,把他所发现的、感受的、思考的,以一种平缓的节奏叙述出来。

诗人和世界是友善的,无论是人、物还是事,诗人都能从中发现光点,发现诗意,发现美好的一面。所观、所遇、所想,随时随地都可以入诗,比如观察一朵浪花、遇到一个节气、想起一片故乡的云、读到一句话,都可以深入进去,抓住想要表达的核心,进入诗歌的创作状态。

事物一旦进入诗歌,诗人对其是有升华的,是赋予其想象力的。诗人的诗句常有异想天开之处,甚至让人感觉是随心所欲,但不是故弄玄虚。"那些白色的蚂蚁/爬满了山岗与屋顶""打包修水的一个山头/以及大洋洲的一段涉水桥/再连同秋天的色彩""总是担心/伸出的光之手/是否能捡拾起那些散落在路旁的浪花""好像一只蝴蝶/飞过蜻蜓的窗口",这样的一些诗句,能给人带来新奇、审美、唤醒等多种阅读体验。出人意料的想象是诗歌审美的重要标志,同时也体现了自由奔放的诗歌精神。

想象力是诗歌最优秀的品质,诗歌作为一门艺术,给人以审美、情感、认知与唤醒等等多种体验,在类型化之外,能提供一种新的阅读体验是非常可贵的。李国坚的诗句往往异想天开,如"家乡与他乡,是左眼望不到的右眼""把自己卷成一支香烟"。我读国坚的诗,有时是陌生的,甚至是突兀的、莫名其妙的,我不知道他为什么会这样写,为什么这样组织语言。他的写作和我平时的经验是不一样的。对此,我认为诗不需要理论依据,诗永远是创新的。

诗人李国坚还是益阳市梅山道教文化研究院院长,他多年以来热衷于研习和修为古老悠久又底蕴厚重的梅山文化与梅山道教文化,这些给他的诗歌创作带来了直接的影响与源源不断的养分,用他自己的话来说:"梅山文化与梅山道文化对我的创作影响无处不在,有时我会跨时空与纬度去创作,我会从有意识到潜意识,再到无意识,再到一片虚无去创作,进入这样的一种创作状态,偶尔会有神来之笔。"

国坚的诗适合静读，读出静来，一种有温度的静。

孙夜：深圳诗人，江苏连云港市人，中国作家协会会员，深圳市龙华区作协原主席。毕业于南京师范大学中文系，曾任教于江苏海洋大学中文系，出版有《我需要的七》《新地址》《今夜把事物分开》等诗集多部。

自序

诗歌是阳光般温暖的衣服

李国坚

在前两本诗集《幸福再深一度》与《迎光者：108位诗人素描》结集出版后，心里不由自主冒出一个想法：我在省级、国家级纯文学刊物和报纸上发表过大量诗歌与一些诗歌评论，这些发表的作品描写诗人的已收集在第二本诗集《迎光者：108位诗人素描》里，《名家名作》已分三期全文刊发。何不将另外一部分发表的作品，整理成我的第三本诗集？整理好后发现还有些诗歌与诗歌评论未曾收录，心里半是遗憾半是欣慰，多年的坚持还是有一些小小的收获的。应该为一本书取个好听又喜欢的名字。我该为第三本诗集取一个什么名字呢？联想到第一本诗集为《幸福再深一度》，第二本诗集为《迎光者》，我向谷风诗学院谷风院长请教了一下，第一本诗集表现的是诗里的幸福，第二本诗集呈现的是光明，第三本诗集就取名为《温度》吧！从命名这一刹那开始，这个新生儿就带着诗歌天生的温暖。

这几年，我一直在坚持与坚守着对诗歌的一份虔诚，且极富耐心。我一直在思索是什么在心里给我源源不断的力量,当我笔尖总是不由自主写到家乡大梅山,写到家乡湖南益阳安化,某一瞬间,我的心里豁然开朗,原来是古老神秘的梅山文化与梅山道文化在血液里流淌,且在基因里一直传承着,这是根与枝叶、来龙与去脉的一种传承。当我来到美丽的深圳,我不由自主写下的鹏城正如大鹏展翅。既然我知道有远方,于是我用诗歌铺路去抵达目标。当我朝千山万水一路行去,笔尖不经意间写下万水千山,我逐渐明白我追逐的梦想并不遥远。诗在我的手里,远方在我的心里,而梦想和远方,中间只隔着一首小诗的距离。家乡和他乡,中间只隔着一片诗意,如同一张合二为一的A4纸的A面与B面,如果一定说中间有距离,抑或隔着我们从不在乎的一个侧面,我且称之为诗意的C面。此刻我想到了C面,大家再看就有了与众不同之处,有了平常不关注的美。

诗是眼睛里一目了然的光,拿起笔写诗,总觉得眼睛里的光时而热烈时而柔和,如太阳和月亮,把激情四射与柔情似水,如日月轮回般自由切换着。一颗心此时幻化成笔,从有意识写到潜意识,再写到无意识,此时写出的诗,是清风,是流水,是温暖,是芳香,是无限的想象与可能,此时的诗和你,如同花和香。

今年的5月20日,我写下对诗歌的真情表白:诗在,故我在!诗在,故我爱!我用真情实感写下三千多首现代诗与三百多首格律诗词,以及一些诗歌评论还有书评,诗与我同时回眸一笑，又相视而笑，诗和我是温暖的，我们身边这美好的世界是温暖如春的。诗歌啊，是另外一个温暖的春天，诗歌治愈着一切，故我以"温度"作为本诗集的书名，读者朋友们若轻启扉页，就开启了一个如春天般温暖的序幕。

2023 年 8 月 22 日于深圳

目 录

序一 以诗为道 杨克 / 1
序二 诗人李国坚的深度镜像 谷风 / 8
序三 诗歌的温度 孙夜 / 17
自序 诗歌是阳光般温暖的衣服 李国坚 / 20

1993 年发表的作品

玫瑰花儿不开 / 1

2017 年发表的作品

把自己卷成一支香烟 / 2
老刀老师 / 3

2018 年发表的作品

故乡的那扇门一直开着 / 5
我的故乡和他乡 / 7
爱在过去,更在未来 / 9

母亲节写给妈妈的一封家书 / 11

2019 年发表的作品

替岁月画上一笔 / 14

任时光清明，任岁月静好 / 16

斑驳的春天 / 18

清晨读我们的名字深圳给全世界听 / 20

边城没有老去 / 21

那些温柔的事物 / 24

越过山丘 / 26

背影 / 28

诗的国度 / 29

把所有许过的愿交给凤凰山 / 31

秋风吹过的时光 / 34

心海 / 35

小雪 / 37

诗日历 / 39

小满 / 40

四季（组诗）/ 42

幸福再深一度 / 47

喜欢 / 50

尘花如雪，落了下来 / 52

深圳民谣 / 56

三月的小雨 / 59

三亚！三亚！（组诗）／61

如果走到天涯／65

画眉／67

白雪包裹了我的家乡／68

谈情与论道（组诗）／70

情书／79

想坐着绿皮火车去看你／82

黄皮／84

2020 年发表的作品

房子／86

妈妈／87

旧唱片／88

你双手揪着一片又一片树叶／89

情诗／91

咏春／93

小井／95

那些年在海一方听海／97

我原本只想／101

我不曾想／102

我更不曾想／104

我能想到的是／105

牛卵坨／106

粉蒸肉／108

落羽杉 / 110

我是骑着铁马来的 / 112

傻子 / 113

陪伴与分别 / 115

虚构一封写给大自然的信（组诗）/ 116

在江西，采一束明月清风（组诗）/ 119

水转筒车 / 125

不小心 / 127

走进春天 / 129

玻璃窗内外 / 130

空 / 131

想从一朵花的唇齿间打开闸口 / 133

秋色平分 / 135

写给付奶奶的诗 / 137

射击馆前的水茄 / 140

妈妈，您是儿子心底最深处的信仰 / 141

2021 年发表的作品

关于春风 / 144

春天，从浅浅到浅浅的 / 146

在黄果树，需要重新定义瀑布与秀发（组诗）/ 149

千户苗寨，以美丽回答一切 / 152

过滤 / 154

在荔波，永远不要停止说爱（组诗）/ 156

明天我要来（组诗）／160

我把整个四月泡在一个透明的玻璃杯里／162

一种夏季的蓝色／164

六月，如何告别那背影后的牵手／165

一朵花开，不为了什么／167

七月／169

总有那么一天／171

所有的爱都如一场流星雨（组诗）／173

不一样／176

某些时候，世界随手翻开或合上经书（组诗）／178

仙溪！仙溪！（组诗）／180

资江！资江！（组诗）／184

安化！安化！（组诗）／187

益阳！益阳！（组诗）／191

梅山！梅山！（组诗）／194

2022 年发表的作品

我喜欢这样的一月／197

致 2022 年／199

一场雪，一场诗／201

扶过风／203

溶／204

背影／205

一天／207

一杯酒 / 209

一只篮子 / 211

山水之间 / 212

冷岳河 / 213

帆 / 214

临界点 / 215

1993 年发表的作品

玫瑰花儿不开

我说
花开的日子
我会来

我还说
玫瑰花开的日子
我会摘下那朵最美的
插在你芳香的发端

日升　月落
秋去　春来

可是
一直等到现在
玫瑰花儿不开

注：发表于 1993 年《大鹏湾》。

2017 年发表的作品

把自己卷成一支香烟

关上车门
锁好
满载去往明天的行囊
卸下这身钢铁的铠甲
把自己的身体
卷成一支香烟

用家门口漏出的一点灯光
点燃
满身疲惫的烟丝
把自己夹在食指与中指之间
抽上几口

在开门之前
吐出
那些上了瘾的
生活的烟圈

老刀老师

老刀老师
老刀从不离手
打滑的泥土上
陌上花在刀光下盛开

文字是累赘
笔墨是一种多余
拿起老刀
手起风云变幻
刀落血肉丰满

收刀时
泾渭分明
春夏秋冬已划分好
东南西北
轮回的方向云霁雾散
远方

明月
停在秋天的指尖

注:作者入选"广东新诗百年大展百位诗人"。作品《把自己卷成一支香烟》《老刀老师》入选广东新诗百年大展结集《岭南诗意 走近广东诗人》。

2018年发表的作品

故乡的那扇门一直开着

很多人离开家时
把门关上　再上了锁
回忆在屋子里渐渐生尘
钥匙在抽屉里慢慢生锈

每次离去
故乡的那扇门一直都是开着的
我们从不带钥匙
任它在抽屉里自由自在
是父亲
守着它们的日夜朝夕

每次归来
父亲都会把门前的地坪打扫干净
种在屋后的蔬菜长势喜人
只要想吃　随时便可采摘

旅途的劳顿又算得了什么

父亲已八十有余
却依然耳聪目明　思维清晰
有点淘气般的固执
喜欢打跑胡子
也喜欢喝点高度的白酒
更喜欢和同村的年轻人
比一比不服输的精神

我多么希望
父亲能长寿过一百零五岁的奶奶
家里的那扇门一直为我们敞开
我更加愿意
是一个永远长不大的孩子
每次离开与归来
那扇门都不会关上

注：发表于 2018 年 11 月下《牡丹》(总第 417 期)。

我的故乡和他乡

没有行李　没有送别
前面会遭遇何等的风景
天气怎么样
候鸟又如何能够知道

该留的时候留
该走时就走
带着理想上路
信念是唯一的方向
天空的道路
望不断天涯

故乡和他乡
是左眼望不到的右眼
放开嗓门
歌唱双眸在聚焦之后

远方就是深情凝视的地方

注：发表于 2018 年 11 月下《牡丹》（总第 417 期）。

爱在过去，更在未来

青砖，黑瓦，白墙
呈八字的大宅门
正屋，楼房，偏舍
大宅门与堂屋之间
一条青石板铺的小路
一直延伸到屋外池塘的大路边
脚步声敲出
大户人家当时的繁华
脚步声也敲奏出
无数殷殷的期盼

离开
是人生的主旋律
祖辈们渐渐去向天边
年轻人渐渐去向远方
只有老房子
安静守候在原地

守候到楼房倒了　正房斜了
守候到大宅门只剩一扇不完整的门
仍在原地守候
主人们陆陆续续从远方回来
归来
是生命的主题

付家湾忙碌起来
增添了很多新的脚步声
在合唱一首走进新时代的歌
爱在过去　爱在进行
爱更在未来的灿烂之时

注：发表于2018年11月下《牡丹》（总第417期）。

母亲节写给妈妈的一封家书

妈妈

屋后的树林现在密不透风

乡邻们都在烧液化气

没有人上山去砍柴了

长排山顶的地

长成了杉木林

不再种红薯花生黄豆

半山官塘的地也长出了小竹林

不再种辣椒南瓜茄子

还有官塘那年新挖的小泉水池

它也早已荒芜

旁边修建了自来水塔

家家户户再也不需要

去很远的地方挑水

妈妈

开山斧生锈了

只剩下一把砍柴刀
找不到系在腰上的刀位子了
河里的水转筒车很可惜被毁了
从前筒车慢慢地旋转与灌溉
只留存在回忆里
大家的日子都过得好了
公路一直修到了每户每家的门口
八十多岁的爸爸衣食无忧
年初一摔伤后
恢复得很好
依旧喝酒抽烟打跑胡子
精神矍铄
经常固执而任性
但我们　都由着他

村里基本上家家户户盖了新楼
春夏秋冬和以前有些不一样
夏天没那么热
冬天没那么冷
还有
您惦记的小丽婚姻美满
您惦记的那个小小少年
他已经长大了
但是妈妈啊

我说的这些
您可一样一样地听见

注：发表于 2018 年 11 月下《牡丹》（总第 417 期）。

2019 年发表的作品

替岁月画上一笔

替岁月画上一笔
山川的走势
河流的方向
树木的成长
一笔就是一画
一笔就是一幅画

画出春天的笑容
画出夏日的热情
画出秋天的收获
画出冬季的纯真

再替岁月画上一笔
湛蓝的天空
鸟儿就有了
辽阔的疆域

画那起伏的海洋

在温暖的手掌

任青春的沙漏

积沙成海

轻轻

放下画笔

听手心里传来的心跳

注：发表于 2019 年 1 月《参花》（总第 868 期）。

任时光清明,任岁月静好

漫山的繁花
都将在一夜之间老去
对于树木
经历的是一场沧海
对于花草
经历的是一片桑田

今天刚好是清明
踩着自然的规律
欣赏人为的美丽
多多珍惜
当下的美好
此刻的思念与忧伤
生长着未来的样子

转身的瞬间
一片片成烟云过眼

剩下的碾落成泥

纵有千万个山丘

纵有万水千山的来日

都将纷纷远去

如果某天

有一片烟云

藏在了皱纹深处

让星星

又看到了此刻的思念与忧伤

就是今天想要的模样

那就留在皱纹里

任时光清明

任岁月静好

注：发表于2019年1月《参花》（总第868期）。

斑驳的春天

脚步声
踩着经年远去
青瓦与红砖渐渐平心静气
藤茎蔓延过墙头
梳理那无序杂乱的年华

大门上朱色的漆
逐年变淡
时不时掉落一点
青花瓷陈旧的裂纹
习惯了享受
煮水煎茶的浸润

阳光
慷慨地照射着小山村
房子和影子
看得见的和听得见的

在那个时光里斑驳相守
岁月风平浪静

陌上有花半开
一个熟悉的身影
由远及近
小黄狗
在睡梦中
两只耳朵竖起来

注：发表于2019年1月《参花》（总第868期）。

清晨读我们的名字深圳给全世界听

所有的蝉鸣
所有的鸟语
所有清晨的晨光
都在读一个名字深圳
读她四十岁的青春

有限的时间
无限的时光
纷纷加入朗读大军里
在这样诗书琅琅的清晨
读我们的名字深圳
读给我们自己
读给全世界听

注：发表于2019年1月中《青年文学家》（总第674期）。

边城没有老去

沱江水日夜流淌
那座边城却没有老去
两岸灯火
被夕阳一次次点燃

凤凰古城
春夏秋冬有序上场
穿着深深浅浅的服饰
嫩绿　碧蓝
金黄　银白

走过风桥
走过雨桥
走过雪桥
走过雾桥
走在一幅幅画里

他和她
牵手走过虹桥
从青丝走到白发
走在一首诗里
青春就不会老去

每一个人心里
都有一座属于自己的边城
门前的那条小河
浇了田地
洗了衣裳
熬了药汤

帮她洗一把青春的脸
喝一捧源头的山泉水
放下锄头与扁担
背上背篓
背上半城的烟雨离开

有一天
君若归来
踏响边城的每一块石板路
行囊里有的不只是
淡的记忆

浅的时光

注：发表于 2019 年 1 月中《青年文学家》（总第 674 期）。

那些温柔的事物

流水是温柔的
抵达的地方
存在于不存在
可能于不可能
没有清晰的界限

高山上的流水
浮云上的凝聚
如果放在心里的
自然井水般积蓄
随意泉水般涌出

思念亦如流水
不分昼夜
亦不舍昼夜
在日里流到夜里
在夜里流到白天

在山谷

舀一碗清泉水

练习一种水的能量

嘴里念的经书

手里画的符号

顺着炁流

不断加持日月的能量

喝下

思念的温柔

融入眼神里

所有关于温柔的事物

包括蓝天大地

包括春夏秋冬

而后千年

舌尖上的酸甜苦辣咸

慢慢交流

任白天慢慢流过黑夜

任黑夜慢慢流回白天

注：发表于 2019 年 1 月中《青年文学家》（总第 674 期）。

越过山丘

秋天的座席
已被北风占领
秋天站在原地
那些身边的流水
远走远方

大雁从头顶飞过
看着它们
一只只越过山丘
秋日
日渐消瘦

一直以为有人会等
所以任北风拿着刀
在额头与眼角刻画

一夜之间下的雪

也在那一夜之间
雪白了头

注：发表于 2019 年 1 月中《青年文学家》（总第 674 期）、2019 年 2 月《散文百家》（总第 380 期）。

背　影

只想
读懂每一根秀发
是否与风和指间相关

注：发表于 2019 年 1 月中《青年文学家》（总第 674 期）。

诗的国度

题记：听黄灿然老师讲座"不读诗，何以言"，即兴作诗。

安静的声音
穿透诗意的烟雨朦胧
眼睛到心灵
城市到乡村
蚂蚁到雄鹰
以另外的一种视野
走过而存在

有另外一个国度
在路上
朝我们走来
等待还是前行

如果一座熟悉的城

给了大海的温暖

可否随手

把大山馈赠天空

注：发表于 2019 年 1 月中《青年文学家》（总第 674 期）。

把所有许过的愿交给凤凰山

不要再等了
在这个春天
把凤凰山所有的根须
一阵春风后
幻变成
满脸络腮的胡子
一脸成熟的模样
那纵横交错的爱意
盘根错节
一直生长
延伸到脑海里

延伸到足可以
撑开黑夜漫长等待
才有了伞的模样
在银河的两岸

一把交给牛郎
一把交给织女

不要再等了
这个春天
把凤凰山的木棉树
在一阵春风后
幻化成你的发丝

年年生长的秀发
终于
等到了可以盘起的那天
福永桥头
宝安机场
来来往往的
都是春天和你的消息

不要再等了
把所有许过的愿
交给凤凰山
把刚抽过的签
统统交与
三百个台阶的守候

统统交给

缘起的这个春天

注：发表于2019年2月《散文百家》（总第380期）。

秋风吹过的时光

走过夏天最后一座桥
小河
融化在秋天的森林里
那诱人的金黄
那醉人的酒红

秋天的枫叶林
融化在大山的怀抱
你的双眼
融化那一季
秋风吹过的时光

注：发表于 2019 年 2 月《散文百家》（总第 380 期）。

心　　海

不知道那天
眼角处
有没有白云停驻
蚂蚁慢慢爬过来
心就如同蜂窝煤
燃烧成天边一抹彩霞

不知道那天
言语间
有没有柔风吹过来
吹进心里就不再寻觅出口
朝着小鹿轻跑的方向
心渐渐舒展成大地

草原
是你喜欢的一望无垠
小鹿用眼神叙说

山那边的那边

春天来了

山那边的那边

杨柳依依

小鹿的指尖

弹着春的前奏曲

心弦一根一根和应

浅草一路跳跃

刚没马蹄

心潮在乐声起时

澎湃奔跑

一浪高过一浪

泛滥成海

注:发表于 2019 年 2 月《散文百家》(总第 380 期)。

小　雪

遥远的小山村
小雪这个节气
只是偶尔
才下点小雪

不下雪时
如和你闲聊
轻握的手有些许凉意

偶尔也下点小雪
你就转过身
将一片雪花放在唇边

那个小山村
那场小雪
入口即化

小河转过身

流过我们眼神交汇处

唇齿微甜

注：发表于2019年2月《散文百家》（总第380期）、2019年4月《特区文学》（总第319期）。

诗 日 历

日子写的诗
白纸黑字
翻页时走心
任昼夜交替
在诗中作画

若吟唱出来
梧桐山野的石头
一阵诗风拂面后
纷纷醒来

注：发表于 2019 年 2 月《散文百家》（总第 380 期）。

小　满

江南终于沉醉
在这一场烟雨中
布谷鸟是声音清脆的信使
捎来一些让人微醺微醉的信息

小河的水渐渐丰盈
麦粒忙着灌浆
果实专注丰满
少年们专心充实知识
两耳不闻窗外

地里的苦菜
长得有了点甜味
还需要一些时间
成长自己内在的一份期待

外面的世界

一夜之间长出
薄如蝉翼的翅膀
好像一只蝴蝶
飞过蜻蜓的窗口

注：作品独家授权签约中国作家网 5 年，发表于《大地上的灯盏·中国作家网精品文选 2018》。

四季（组诗）

立　春

南方还很寒冷
北国仍然雪飘
南头古城街边
乞者弹着时光遗漏的曲
久病的伴侣在轮椅里
日复一日
在乐声里寻觅
小山村小溪水涨的讯息

寒冬两鬓霜花
冷漠了自己后
白发在一个夜里苍苍
成了不会再有人记起的风凉话

乞者仍在弹曲

曲调声声

时快时慢

掠过岭南重镇的城楼

如小鸟飞入对面

窗户全都开着的高楼

如蝴蝶飞入不远处

校门全都开放的深圳大学

不知不觉

春天在一个音符中

睁开双眼

站立起来

立　　夏

春天是水彩画

野樱花开遍芙蓉山

茶园的绿色

搁浅嫩绿

幽深碧绿

秋之梧桐山野

展开一幅油画

树叶绚丽起来

富饶金的黄

燃烧火的红

冬日的月亮山
安静地素描那一份禅意
雪白的世界
银装素裹的圣洁

夏日的梅江
却是写意的
江水绕城
小小的院落
散落开来
一些古老的房子
平和的语调
悠闲的身影

适合放下行囊
临江
随意品一壶茶
或发一会呆
再拿起笔
画到梅江立夏

立　秋

初一

有了十五的心事

黑夜
枕月入梦

总是有月
总是月依西楼

今天立秋
有了春天的味道

立　　冬

秋风
不要太早
说出那句期待已久的话
不要太早
盘起你的长发

也不要太迟
最好是在
立冬来时
恰好穿上
白雪的婚纱

立冬来时
若
眼含七分春色
不要太迟
就好

注：发表于 2019 年 1 月《参花》（总第 870 期）。

幸福再深一度

躺在沙滩上
躺在阳光的温暖里
海浪　在十米之外
海的蓝色
让我想起你的眼睛
你的眼睛
幽蓝得让海风迷路

迷路的海风
停在鼻尖上
舌尖也觉得微咸
你说
这是一种
追逐后说不清的味道
有点青涩
有点甘甜
还有刚才说过的

特别的微咸

把海风带到肚子里
精心酝酿
十月怀胎的过程后
让新的希望
生长出来
生长成海浪的模样

今天
就给这个希望诞生吧
在这白细柔软的沙滩
目送你
一步一步
奔向海洋的深处

海的深度
渐渐加深
深得慢慢幽蓝
天空站起来
大地也站起来
她们深蓝的眼神里
那个孩子
向海洋一路欢笑走去

每一步
都幸福
每一步
幸福深一度

注：发表于2019年4月《中国文艺家》。

喜　欢

喜欢

在清晨走过那条小巷的青石板路

所有临路的门都没有打开

只有自己的脚步声

是十七岁时的节奏

或轻或重

走到石拱桥头

如果能

听到打开门的吱呀声

喜欢

在黄昏走上石拱桥

看红日将落的样子

沂溪河水流得很慢

从前也总是流得很慢

喜欢

数桥面上有多少块青石板
从这头数到那边
又从那边数到这头
黄昏数得有点朦胧
青石板在朦朦胧胧里
有对称的美
也有不对称的美

喜欢
河边洗衣的声音
停下有韵律的节奏
把洗干净了的衣服放入桶里
转身时
还提走了夕阳和黄昏

注：表于2019年4月《中国文艺家》、2020年12月《特区文学》"深读诗会"专号。

尘花如雪，落了下来

右边灶锅的热雾腾腾
左边铁锅的热气袅袅
灶膛里的松枝针叶
映红了妈妈的脸庞
而我通红的小脸
映红了整座木房子

灶锅里的猪潲熟了
铁锅里的干红薯米掺饭熟了
我揭开铁锅盖闻饭香
妈妈揭开灶锅
用大瓢舀满潲盆

猪栏里有一只母猪
八只猪崽
两头壮猪
隔壁的牛栏

关着一头老黄牛

潲盆刚放下
两只壮猪跑过来
母猪挤过去
老黄牛隔着栅栏伸过头来
耍点牛脾气
猪崽们见特供餐没上
闹着小情绪

妈妈在猪拥挤的空隙处
放下潲盆
在低头那一刹
妈妈头顶落满的
松枝燃烧后的灰烬
尘花如雪
落了下来

后来
那些烧蜂窝煤的日子
那些不再养很多只猪的日子

再后来
那头老黄牛被卖掉时

与买牛人僵持

绳子扯到牛鼻子出血

牛眼角有大颗泪滴连续滚下

走到屋前的小池塘

拼命挣脱牛绳

跑了回家的日子

妈妈转过身

不想让我们看见她

默默地掉泪

那满头顶的尘花

如白雪飘飘

全掉了下来

后来的后来

刚过上了烧液化气的日子

刚过上了不再煮猪潲

不再吃红薯米掺饭的日子

母亲却永远

永远离开了一手建立的这个家

永远离开了我们

每次想到这些

每次到清明时分

我就不由自主提笔
墨水随笔尖涓涓流淌
而我的母亲
头顶尘花如雪
坐在我面前
看着我写关于我和她的诗
叫一声妈妈
妈妈不再应我

尘花如雪
落了下来

注：发表于2019年5月《青年生活》（总第284期）。

深圳民谣

黎明醒来
黑夜就深深入睡
深圳这座城市
睁开双眼

清洁员和扫把
广场舞和大妈
太极拳和大叔
鱼儿和池塘
宠物与主人
一起有规律地走来

补鞋匠带着行头
理发师放好工具
打羽毛球的挥洒球拍
那些晨跑者最简单
甩开双腿

一路洒脱跑来

一切都动起来
风声摇笑了树
歌声唱红了花
那轻轻的咳嗽
吹起了湖心细细的心事

那个修自行车的
好久没有来了
共享单车一阵风刮来
他就离开
那么多的共享单车
破烂着在路边等待
他什么时候回来

学生们一群群放学走过
下班的接二连三路过时
夜幕渐渐垂下来
这里又热闹起跳广场舞的
晚上锻炼身体的
吹拉弹唱的

路灯的眼睛睁开

白里透黄的眼光里
朦胧着一对对情侣的恋爱
监控的眼光红红的
它熬夜久了的身体
一时半刻调养不好了

城市的人们
在它的关注下
安心地忙碌与休闲
黑夜一觉醒来
正想说梦
白天已入梦乡

深圳这座城市
没日没夜歌唱希望
我们都不约而同
跟着韵律和应
这首永不停唱的深圳民谣

注：发表于 2019 年 5 月《青年生活》（总第 284 期）。

三月的小雨

倚在窗口
窗外正是阳春三月
雨轻打芭蕉
雨滴伸出纤纤指尖
灵巧滑过芭蕉叶
叶的琴弦
轻轻颤动
颤音波光粼粼

近处的小雨
敲打屋檐和青瓦
打击乐激情四射
溅起银色的火焰
喷出雨雾的音符

你顺着小桥
细步走来

格桑花开满了裙摆
油纸伞上
停着一只粉蝴蝶

脚步声渐渐清晰
如三月的小雨
敲响这条青石板路

蛙声
由远到近
停了下来

窗外的小雨
不知道
是什么时候
也停了下来

注：发表于 2019 年 5 月《青年生活》（总第 284 期）。

三亚！三亚！（组诗）

给你永远的夏季

不是哪里都有一年四季
我始终只给你
最热情洋溢的夏季

不管外面的四季
如何不停改变
永远的夏日
永远的热情
融化所有来自天山的寒冰
三亚，三亚！

不 要 问

不要问春天
不要问秋天

不要问冬天

我能告诉你的是
我永远专一
只给你夏天

而夏天永远是
三亚，三亚！

蓝色的梦

这里天湛蓝
这里海深蓝
这里海水共长天一色

白云只是装饰
游人如梭如织
你像一颗小小的星星

又像那蓝蓝的海岛
有个蓝色的梦
梦的名字
三亚，三亚！

关于天涯海角

天涯在这里

海角在这里
遥远的不是距离
距离也不代表遥远

有时
心在天涯
人在海角

有时
天涯海角天生就在一起
三亚,三亚!

南天一柱

南天一柱矗立
不要担心天空
天本来就空

你看她时
天空就装满了海浪
海浪就装满了
三亚,三亚!

南海姑娘

南海姑娘在清晨伫立海边

面对海阔天空

爱与恨有时成正比

有时成反比

有时一起糅合

成为一颗特浓椰子糖

可以融化南国

可以融化春光

三亚，三亚！

最甜的那颗椰子糖

你转过身来吧

面对我，背对海

任海风吹拂你的发梢

你就是椰风里

最好最甜蜜的那一颗

三亚，三亚！

注：发表于 2019 年 5 月《神州印象》（总第 584 期）。

如果走到天涯

如果走到天涯
如果还能想起海角
我要在自己躯壳建的道观里
写一些时光轻浅的文字
文字里的时光正在轻浅
白云此消彼长
流水此消彼长
我看着白云
你看着流水
不说话就已经很好

我把理想放在香炉中
我把欲望的香火点燃
我把青春当木鱼
敲啊敲啊
任督二脉就渐渐成了长江与黄河
我的身体通体透明

这个时候
我让风进来做我的呼吸
我吸进来一个月亮
我呼出去一轮朝阳

我静卧在殿堂上
成为一尊佛像
静坐与静卧随意
不为出世
不为入世
我把世界放在一颗心里
熔化成转世的一颗灵丹

放在
你还能微启的唇边
该有多好的千山万水
要么
放进你永远闭上了的
醒来会说万水千山的唇齿之间
该有多好

注：发表于2019年4月《特区文学》（总第319期）、2019年4月《唐山文学》（总第258期）。

画　　眉

一只蚂蚁
把手斜插在裤兜里
而你
依窗专心画眉
蚂蚁只是路过
没有谁察觉什么
包括有一只脚
鞋带松了

注：发表于 2019 年 4 月《特区文学》（总第 319 期）。

白雪包裹了我的家乡

白雪包裹了黑夜
是一夜之间的事
雪花如伞兵空降
那些白色的蚂蚁
爬满了山岗与屋顶

北风忙碌着收快递
用一场白雪
和一根根袅袅炊烟的绳
柔软捆绑
打包家乡的温暖

在深圳拆开快递
饭菜香气四溢
仍有儿时妈妈做的味道

一群白色的骏马

瞬间跑在心头
炊烟在眼睛
如木马旋转中飞出
一只洁白的鸟

注：发表于 2019 年 4 月《特区文学》（总第 319 期）。

谈情与论道（组诗）

春天是你

春天是翻山过来的
春天是蹚河过来的
春天是风吹落下来的

春天是你后面
一路如影随形的影子
春天是我说给你听的

日月轮回

日出时
人们如日出
日落时
人群如日落

太阳的家在哪里

太阳的家在海的那边
太阳的家在山的那边
太阳一天一轮回

我把自己举过山顶
成为一轮红日
我再把你举过头顶
你成了一轮明月
从今以后
和太阳一道轮回

山水之间

喝酒，脸红
品茶，心空
聊到天空海阔
划拳船开走
唱歌水东流

山水都沉醉在一杯酒里
把浊酒喝下去
把心事吐出来
味道酸甜苦辣咸都有

就是想不起

写给你的诗
到底是什么味道

夏天知了

热浪澎湃时
绿涛一阵比一阵汹涌
知了知道的
毕竟有限

它不知道
有人风餐露宿
它不知道
大山虽然穿着绿衣裳
都没有找到凉快的地方

它不知道
太阳执着烧烤着
大地高烧迟迟不退
它不知道
河流来了
才带来希望和药方

秋之门内与门外

秋天的山门

山门内有黄金满堂
压寨夫人面容姣好

山门外的金黄
遍染山谷
包括染黄了我们的皮肤

马帮驮着安化黑茶
走过芙蓉山
走过云雾山
走过蚩尤界
走过十万大山

踏破天山时
雪莲花盛开
是为迎客
是为送客

看
九万里风飘云雾
品
八千年茶香天宫
那一杯茶后
醉月依云

打马而过

打马而过
驿站是咬痒心口的
那只蚊子

马蹄声比从前更响亮
踏缺山月
踏醒天边茶香

海角酒渐香
编好的毛衣
绣好的手绢
在她的手里
策马奔腾

心挂天涯
人在海角

月之情绪

月有时阴
月有时晴
月有时圆
月有时缺

你和月亮一样

风有时轻
风有时柔
风有时急
风有时慢

风包容与深爱着
所有的美好与残缺

记得
我像风一样

秋之收获

一边收获
一边失去
落叶萧萧
离愁片片

凡落下的思念
都在那夜生根
凡失去的时光
都在记忆里生长

冬之纯粹

雪白的纯粹
花香的素雅
初心如雪
有谁看到过她的模样
请描绘出来

梅花
开在雪地里
一定要开成红色吗
一定要傲雪凌霜吗

你说梦里的梅花
是纯白的
雪是纯白的
飞过的小鸟是纯白的
山川大地是纯白的
我都信了

请允许
让我来做黑夜
你才可以好好做一场
洁白的梦

说好不翻页

翻过昨天
翻过今天
翻过明天

翻过夏天
翻过秋天
翻过冬天
再翻过春天

翻过你
就剩下我
翻过我
就剩下你

如果我们都不翻页
你就一直阅读我
我就一直阅读你
千遍万遍不厌倦

我们可否约定
永不翻页

正在发生

说过的与没有说过的
遇见的与没有遇见的
这一切的一切
正在发生

注：发表于2019年4月《艺术家》（总第248期）。

情　书

一个黑夜带走了一些声音
我关上灯
日子好像就不会流逝
一个女子在梦里如流水
青春也恰如流水
但这些
只是在梦中

我想到这些
就犹豫了

犹豫要不要这么快说晚安
很多的时候
时间也如流水
流去了就不再回来
一朵花
不会开放两次

青春
亦不会重来

昨天陪你走过的
今天我愿意再陪你走下去
一遍又一遍
脚印会重重叠叠
却不会
踏入同一条道

那些说过的话
都被风与小草听去了
成了她们闲聊的话题
云也抢走一些
拿去塞了月亮的耳朵
梦有些相同
也总有些不同

想到这些
我就有些犹豫了

我生平只想做一场最美的梦
一切都那么好看
梦那么轻盈

你那么真实
道那么宽阔
世界那么自然

我不再找双全法
我反复叮嘱自己
美丽的梦和美丽的诗一样
都是可遇而不可求的

那样的梦
可以醒来
也可以不醒来

注：发表于 2019 年 4 月《唐山文学》（总第 258 期）。

想坐着绿皮火车去看你

也许在清晨
也许在黄昏
站台上也许满是送别的人
也许　孑然一人

长长的站台
漫长了多少等待

音乐响起
绿皮火车
徐徐启动
下一站去往何方

想坐着绿皮火车
去到那个车站
一节一节的车厢
随等待与期待

而缓缓进站

也许在清晨
也许在黄昏
站台上也许是人头攒动
也许是孑然一人
也许是怅然若失之后的
柳暗花明

注：发表于 2019 年 4 月《唐山文学》（总第 258 期）。

黄 皮

后院那满树的黄皮
如黄昏的落日
有无限的好
挂牵在那里
此前
一直无人念想

摘下一枝果实
放在桌子上
窗外有它的故乡
在日暮将暮间
适合画画与写诗

一幅完美的静物素描画
呈现在眼前
黄皮朦胧的光泽
浑圆的线条

饱满有质感

少年开心地剥开一颗
有点酸　有点涩
有点不是想象的味道
再剥开一颗
如初升的月亮
有点甜

在夜中央
更适合读这首日暮将暮时写的诗
读给那时夜还未央
读给后院那棵黄皮树
读给无数人写过的故乡
每一遍的诵读
都是一次播种
少年剥开的每一颗
在那个夜晚
修成正果

注：发表于 2019 年 4 月《唐山文学》（总第 258 期）。

2020年发表的作品

房　子

老房子是一天一天旧的
时间慢慢去改变
木房子的构件
由崭新到全部陈旧

外墙的油漆列队
斑驳有裂痕
如一群蝴蝶振翅欲飞

注：发表于2020年1月《参花》（总第904期）。

妈　妈

妈妈用缝衣针
无数次去穿刺
缝补小了破了的旧衣服
而妈妈的头上
同时被无数的银针
缝缝补补

妈妈
那一刹我明白了
时光
是在一夜之间变老的

注：发表于 2020 年 1 月《参花》（总第 904 期）。

旧 唱 片

唱片机
沉睡在爸爸妈妈当年
量身定做的实木家具里
想唤醒她
唤醒一段回忆

把唱针放到唱片上
满湖的涟漪
瞬间荡漾
晓堤杨柳岸
柳絮飞花

湖心
掠过一只水鸟

注：发表于2020年1月《参花》（总第904期）。

你双手揪着一片又一片树叶

在一个小山坡上
在一阵清风里
在一片树林间
在一棵小树下
在那第一次的约会

我们都不太敢看对方
我们都不知道说什么
我们的心跳都有点快
我们的手脚都不知道
放哪里姿势才对

我就揪着一片又一片树叶
你就安静看着我
看着我揪着一片又一片树叶

时间就停了下来

风轻得停了下来
小鸟的叫声停了下来
揪树叶的双手
什么时间也停了下来

注：发表于 2020 年 2 月《参花》（总第 907 期）。

情　诗

收到你的情诗
题为献给某某某的玫瑰
注明一个不出名的诗人
未经发表的诗

上一秒我蒙了一下
是哪个不出名的诗人呢
下一秒心柔软成草原
澎湃成大海

原来是你
这首未经发表的诗
原来只发表在我这里
看来
这一辈子
是注定要和你在一起

我要用双手
轻轻打你一千次
叫你一万声
冤家

注：发表于 2020 年 2 月《参花》（总第 907 期）。

咏　春

垂柳垂下的发丝
掩不住湖面容颜的秀美
那齐眉的刘海
被春风一而再
再而三地卷起
露出堤岸
渐渐朦胧中
透着明亮的眼神

没有人知道
鱼儿在湖底
伸出无数双手
想把惠州西湖这婉约女子
捧在手心里

是谁蘸着云朵
把西湖一点一滴

写在眼里
指尖的十里春风
为什么
徐徐扣上眼帘

注：发表于 2020 年 4 月《牡丹》。

小　井

这涓涓细流来自月亮山的内部
来自泥土以及小草、竹木的根系
层层过滤抑或添加

透明的清泉
如新生儿的脐带
这一头连接着这口小井
流到这里
滴滴有母亲的气息

在神龛前告诉妈妈
屋后的石板上
凿出了一口两米深的井
是生前你想了无数次的愿望

泉水清冽
舀一碗放在神龛

提一桶放在厨房
小喝两口
好像有些儿时的场景
有些山水起伏连绵
从唇边缓缓流入

注：发表于 2020 年 4 月《牡丹》。

那些年在海一方听海

青春的一亩花田
在山盟与海誓之间
动了心思
沙滩，海浪
帆船，夕阳
依次展开画卷

驱车的路途中
看到最美的日落时分
想停下车好好欣赏
可停下车时
已经错过最美丽的时刻

村里的民宿
出落得如一位位渔海村姑
村庄简单的淡妆
纯朴平和

每一栋房子都干净
每一条巷子都安静
时光在这里
真正地　慢了下来

走完三条巷子
没有找到定位的听海阁
看到有一个小院
七八位美女在喝茶闲聊
径直走过去问
知道听海阁是哪一栋吗
都说是刚来度假的
真不知道
回答最热情的那位美女说
如果找不到就过来喝茶啊

走出院子时
大家齐齐唠叨叮嘱
找不到就过来喝茶
纯净而真诚

墙上的藤蔓
长满了另外的一面墙

爬到了三楼的屋顶
房子就穿上了
一件特别美的衣裳

藤蔓的这份努力
在2019年会攀登过楼顶
那是一个全新的高度

一切都在身后
走过这条巷子
听了一会海
感觉自己渐渐融化
成了
海边的一朵浪花

大海淹没沙滩
涌入胸膛
海浪声鼓动耳膜
夕阳扯下晚霞的风帆
官湖村就这样
停靠在深圳的一隅

兄弟姐妹们在听海阁团团坐下
喝茶饮酒唱歌

言商谈诗说道
八九的话
只说了一二
任性的美酒
只喝了七分

那些年
我们一起
在海一方
看到的都是浪花
听到的全是大海

注：发表于 2020 年 4 月《牡丹》。

我原本只想

我原本只想
从一粒种子
长成一穗金黄的稻谷就好

我原本只想
从一筐稻谷
打成一袋洁白的大米就好

我原本只想
煮成一锅
香喷可口的米饭就好

注:发表于 2020 年 4 月中《青年文学家》(总第 719 期)。

我不曾想

我不曾想
从大米碾碎成粉末
再糯化成泥
凝固成胶状

我不曾想
在身体里糅入
蓝色与红色的食用颜料
蓝色脉络清晰
红色血液流畅
再烈日晒干
北风风干
成为柱状的一团

我不曾想
你拿起锋利的刀
一片一片地切割

手起刀落

骨肉分离

筋脉皆断后

厚薄均匀

注：发表于 2020 年 4 月中《青年文学家》（总第 719 期）。

我更不曾想

我更不曾想
你架起油锅
用干柴烈焰
武火煮沸
把切好的每一片
都放入翻滚的油锅
身体啊瞬间膨胀
滋滋炸响
弯曲扭转异形
渐渐炸成诱人的
鹅黄，金黄，蛋黄，杏黄
的一片云朵

注：发表于 2020 年 4 月中《青年文学家》（第 719 期）。

我能想到的是

我能想到的是
妈妈的目光落下
蓝色的花朵
红色的花朵
在巧果上
一朵一朵盛开

注：发表于 2020 年 4 月中《青年文学家》（总第 719 期）。

牛卵坨[①]

时光曾轻轻
撑开她的向往
一颗心和念想
眼看着成熟

曾经带着纯朴
离开
归来时
内心的缝隙
要用整个小山村
才能将城市的空隙填补

摘下后山上的果
有种熟悉后的陌生
不要说话

---

① 牛卵坨,又名"八月炸"。

沉默有时

会将某些内部的缺失

复制粘贴

有时是最好的缝补匠

注：发表于2020年4月中《青年文学家》（总第719期）。

粉 蒸 肉

以十万兵马围城
逼你交出城池
献出良田沃土
以及万千子民
最重要的是
交出你自己

用满腔爱火
煮沸一江忘情水
千年以后的今天
用蓝天盖上蒸笼
雾气腾腾
都化为云朵

揭开锅盖
一块粉蒸肉
就是一条山脉

春天伸出舌头
春风的味蕾
从塞北到江南
开满每个山头

注:发表于 2020 年 4 月中《青年文学家》(总第 719 期)。

落 羽 杉

是一阵秋风
遍染的色彩
还是一阵秋雨
落下的思念

树也可开成花
如果遇上对的季节
天使也可以把羽翼
交给一棵棵秋天的杉树

再给她们
取一个美丽的名字
落羽杉

而这一首诗
在 2019 年 12 月 31 日
在 2019 年的最后一天

呱呱坠地

她的名字
已深植在我的心里
也叫落雨杉

注：发表于 2020 年 4 月中《青年文学家》（总第 719 期）。

我是骑着铁马来的

要告诉江南烟雨
夏天的美吗
现在就启程吧

在一群
骑白马的人里
只有我
一心向道
骑一匹铁马

注：发表于 2020 年 4 月中《青年文学家》（总第 719 期）。

傻　子

海那么大
无法拥抱她
她一把抱紧我

幸福是海里的
一朵浪花吗

快乐是沙滩的
一粒沙粒吗

突然觉得
我就是一朵浪花
我才是一粒沙粒

我和我们
成为傻子

是忽然之间的事

注：发表于 2020 年 4 月中《青年文学家》（总第 719 期）。

陪伴与分别

堤岸诉说着
长情的陪伴

浪花更倾向于
短暂的交集

要到说再见的时间
浪花无言
堤岸不语

沙滩不说话
进退两难

注：发表于 2020 年 4 月中《青年文学家》（总第 719 期）。

虚构一封写给大自然的信（组诗）

写　　信

蓝天是信笺
微风的笔尖下
云朵时白时灰
花香由远及近

这些
都写下来了

蛙　　声

荷花上一只红蜻蜓
荷叶下两声蛙鸣

前者自由
后者自在

这些
也都写下来了

痒

想捏住喉咙
捏住那一朵待开的痒
不开成一声咳嗽

这些
一而再
再而三
一并写下来

雷 声

可雷声
是从哪里
响起来

它划过纸的声音
以及所有的
形而上
与
形而下

谁能告诉我
如何写下来

注：发表于 2020 年 4 月中《青年文学家》（总第 719 期）。

在江西,采一束明月清风(组诗)

在修水,偷偷拎走秋天的色彩

白白的肌肤
褐红色的帽子
大大小小的山谷
房子和孩子们聚在一起玩耍
又散落开去嬉戏

山坡上的树林
也总是长不大
在我们来之前
换上斑斓的秋装

她们总是在大山的摇篮里
随风摇摆
我们也在大巴的摇篮里
摇曳着词语间

另一种斑斓色彩

车上那些长不大的作家诗人
在梦里山高水长
我想趁大家梦里什么都有时
拿起一个布袋
打包修水的一个山头
以及大洋洲的一段涉水桥

再连同秋天的色彩
一并
偷偷拎走

  2019 年 10 月 29 日作于江西修水

在武宁,摘一片晚霞给你做头巾

傍晚六点
晚霞
不可言状的绚烂
在触手可及的山头
摘一片晚霞
给你做头巾

溪水清澈
你一步一步踏入

水波皱面

鱼儿围过来

咬着耳尖呢喃

言语间

冒出一个又一个泡泡

如氢气球在潭底升起

依次随溪水飘远

你

低头不语

悄然把天边最后一抹晚霞

涂上脸颊

2019年10月29日作于江西武宁县武陵岩风景区

在九江，那些秋天在燃烧

季节的骨节

节节噼啪作响

天人菊、紫娇花、石楠、结香

那些花儿

从含苞到燃烧

在喜悦中

噼里啪啦

已是深秋

仍不见雁影

火红的枫树，金黄的银杏

那些树木

沿着路与桥的去向

踩着秋野寻踪的节奏

噼噼啪啪

看到与看不到

听到与听不到

得到与失去

有那么重要吗

在九江

如果遇见秋天如干柴

绚丽自己的烈火

你就纵情

燃烧天涯

在西海，听歌声落满了庐山

一颗小岛就是一颗珍珠

把 1667 颗音符串起来

挂在天蓝色西海的颈上

西海顿时羞涩

蓝色的眼睛里

嵌着我和我们的倒影

每走一步
都有点担心
自己如一枚钉子
刺痛西海的眼睛

多想
是一颗汗珠
挂在西海之眼角
流成与流着你的汗
更想是一颗泪珠
滑入你的唇边

有人在西海
唱着半生不熟的《西海情歌》
有人在西海
唱着《洪湖水浪打浪》
有人在西海
唱着《月亮代表我的心》

第一段没唱完
有一位美丽的女子
直接翻墙涉水
唱到《轻轻的一个吻》

这时
有西海荡漾小岛
有云雾蒙眬目光

拨开云雾吧
听歌声落满了庐山

    2019 年 10 月 30 日作于庐山西海

在衢州机场，任时光打磨

在衢州机场
时光轻轻柔柔打磨
玻璃里的笑容
焕发与托举
一种光彩

多像
儿时举着
一根棒棒糖

    2019 年 11 月 01 日作于衢州机场

注：发表于 2020 年 5 月下《当代人》。

水转筒车

筒车缓缓舀起与倒出
先是河水
然后是秧苗与稻花香
倒出的风
吹过河面，拂过山岗
倒出的季节
黄了又绿，熟了又香

大大小小的石头
为谁拦河成坝
岁月的长河
每一个石头
都手捧浪花

一群鱼溯流而至
而我
正离开家乡

注：发表于2020年6月《青年文学家》（总第724期）诗歌专号、2020年12月《特区文学》"深读诗会"专号。

不 小 心

不小心
打翻的一场春雨
染绿了整个山村
大地穿上了
新的碎花裙

春风站在山坡上
打着拍子
打着打着
木棉花
开了

春风有时坐在湖边
吹着口哨
吹着吹着
杨柳垂下千万条发丝
半边脸

红了

注：发表于 2020 年 8 月《青年文学家》"爱情的黄金时代（至尊爱情·金玉良缘珍藏版）"。

走进春天

拿起笔
就走进了春天

桃花只开在心上
花瓣孕育全新的生命

诗从果子坠地那一刹
就是会奔跑的孩子

读诗和读你
在读山与读海之间

我看到了
奔跑的孩子,就是
恩赐的非常生活

注:发表于2020年12月《特区文学》"深读诗会"专号。

玻璃窗内外

一种有倾向性的隔离
隔成两个世界
关不住的不只是春天

玻璃窗本身是一种存在
如同窗内与窗外
一种距离在增加与缺失之间

而，窗内的光
反射的部分
试着打醒一些场景
抑或某个人

注：发表于 2020 年 12 月《特区文学》"深读诗会"专号。

空

水泥路长出很多枝丫
灯光长满绿叶
年头长到年尾
每一栋楼房
都是挂满枝头的果子

四周的大山
长满了树林
树林长满了
耳朵与眼睛

漳水河悄悄流淌
忙着偷偷带走什么

阳光洒遍了
小山村的田野
微风吹响松涛阵阵

屋前晒的衣服
有节奏地随风飘飘

地坪前守候的
那把旧藤椅还在
面对着堂屋神龛上的照片
叫一声妈妈
小山村刹那间
寂静

怎么
没有回音

注：发表于2020年12月《特区文学》"深读诗会"专号。

想从一朵花的唇齿间打开闸口

这一条路径的香气
是花说出的微风
倘若微风是个介词
该有多好
可轻松介入有倾向的状态

此时呈现的每一句话
都有语病
每一个字
都需要逆向的抚慰

每一朵花的唇齿之间
都有一个闸口
想交出自己或者诗歌
将一朵花的唇齿间开启
放任花香咀嚼
浸润或者淹没

注：发表于 2020 年 12 月《特区文学》"深读诗会"专号。

秋色平分

喜欢
在这样的秋日
将秋天一分为二
一半浅秋
一半深秋

浅秋
喜欢有一些诗句
在双眼里
和秋叶黄
与秋果香

那一半的深秋
还有一袭白衣飘飘
总是让人遐想
枕着一首关于秋天的诗入眠

梦里

秋风渐起

秋意分明

白雪还在路上

我在今天把秋色平分

浅秋给你品味

深秋伴你飞扬

注：发表于 2020 年 12 月《特区文学》"深读诗会"专号。

写给付奶奶的诗

付奶奶
是姐夫的妈妈
对我的关心无微不至
姐姐说
对我比对姐夫还好
在我的心里
如同妈妈

当年我孤家寡人
经常加班到晚上十点左右
付奶奶总是做好热饭热菜
再晚也等我回家

一家人买一斤多的瘦肉
其中有差不多一斤
给我做指天椒炒瘦肉
里面还放很多

细心剥好的大蒜
耐心的加工
十年如一日
担心我吃不饱
担心我吃不好

后来有了小家庭
在家里
在外面
总忘不了炒一份
指天椒炒肉片
总是想吃一种回忆里的味道
总是觉得少了一点什么

付奶奶
在家乡的小山村做过老师
带出的学生
在各自的岗位踏实努力
奉献感恩

当年的付老师
在这个传奇的卷首开篇
教学生们
数门前大桥下

游过一群鸭
教学生们
两只老虎跑得快
跑出后续篇章
一路的传说与传奇

注：发表于 2020 年 12 月《特区文学》"深读诗会"专号。

射击馆前的水茄

水茄把每一片花瓣
拉满弓
黄色的花蕊
如利箭似子弹射出
摸着胸口
凑过去闻她的芳香

她们伸出舌头
俏皮地
扮着鬼脸
偷偷从背后伸出
小小如果子的拳头
突然袭来

注:发表于2020年12月《特区文学》"深读诗会"专号。

妈妈,您是儿子心底最深处的信仰

子夜时分
火坑里的柴火正红
灶膛里的柴火正旺
妈妈用铁夹扒着地灰把灶火掩埋

妈妈打着呵欠
煤油灯随呵欠飘忽
木房子里
我们的鼾声均匀

天蒙蒙亮
妈妈冻裂的双手
拿起铁夹把地灰扒开
裸露出残余的火种

放上引火柴
鼓足气用嘴从吹火筒吹入

火种在吹火筒的另一头
弹射出火苗

这些场景啊
几十年如一日
如家乡的小山村
祖祖辈辈兜兜转转，山重水复

梭轮钩上的饭渐渐喷香
灶膛上的煎茶滚滚煮沸
炊烟如一炷高香
袅袅升起

妈妈如神召唤
喊我们起床
穿衣服，吃饭，喝茶
背上书包，走快一些
去上学堂

如今
这些都只在梦里
妈妈早已坐在神龛上
把家族的火种
夜夜埋藏好

又天天点亮

又到母亲节前夕
在千里之外的鹏城
朝着家乡的方向
喊一声
妈妈
您是儿子心里
永不熄灭的火种
您是儿子心底
最深处的信仰

注：发表于 2020 年 12 月《特区文学》"深读诗会"专号。

2021 年发表的作品

关于春风

我想
把一段无形的路
折叠

放在
你的手心
或口袋

如果
不小心
放到唇边

要记得告诉我
春风
是什么味道

注：发表于2021年6月上《青年文学家》（总第760期）。

春天,从浅浅到浅浅的

1

初春的漳水河浅浅
小路不约而同走向河流
那一笔一画间
浅浅的痕迹

2

身后的脚印浅浅
积水浅浅的
天空上小鸟飞过
照出的影子浅浅的
空气包围着
浅浅的

3

我尝试以笑容加深印象

而微笑自然而然
笑得浅浅
我想用呼吸加重节奏
最舒服的呼吸
只属于浅浅的

4

连绵的大山
一路望去
越远越浅

5

走进家乡
初春四处散开
生长一种浅浅
小山村在半梦半醒之间
舒展另一种浅浅的

6

一颗繁杂的心
渐渐静下来
梅山低眉间浅浅

7

多适合在梅山发呆

从诗里到诗外
一如
从浅浅到浅浅的

注：发表于 2021 年 7 月上《青年文学家》（总第 763 期）。

在黄果树,需要重新定义瀑布与秀发(组诗)

皎 洁

丝绸般柔顺的
那些时间,黑夜与声音
它们突然间输给了
黄果树那千丝万缕
透明,皎洁,交出月华的秀发

素

自然滑落,随意散开
有些发丝,雾一般轻盈
有的发束,电流般密集
人们需要重新定义
什么才是最美的秀发

白

可能是黑色以外

譬如这流淌的白色
看一眼就有琴声溢出眼眶

银

素色的秀发
流到手边与鼻尖
穿过你银发的
那两侧山谷
是我的双手

神　秘

站在你背后，是一种奢侈
另一种奢望是
想象你神秘且隐形的脸

如　果

如果你愿意，我将
住进你水帘洞的心跳里
不是为了成为山大王

愿　意

我只是想，再一次假设一种如果
如果你愿意
我就留下来

从你眉间那一朵花落
到你唇边这一朵花开

  2021 年 5 月 27 日作于黄果树瀑布

注：发表于 2021 年 8 月上《青春岁月》。

千户苗寨,以美丽回答一切

仿佛走到了世界的尽头
从上古遗失的两千颗星星
偷偷下凡千户苗寨
镶嵌在西江两岸

街边与屋内
每一个忙碌的苗族女子
你若细看
都有蝴蝶妈妈的样子

九黎之魂,蚩尤
在苗族人民心里
与夜里古老的打更声
庇护世代子民
宁静安康

今日苗寨

从观景台看去
天上的街市
人声鼎沸
远与近，星光璀璨
好像宇宙翻开了
新的篇章

我轻轻敲醒
并轻声问自己
这是人间还是天上
千户苗寨微笑不语
以美丽回答一切

注：发表于 2021 年 8 月上《青春岁月》。

过　滤

一场大雨过滤
千户苗寨的夜
千年前的马蹄声声
一声踩醒一个梦

十三坊的女子
一个个头披晨雾
只有此时
西江的身段才曼妙丰盈

每一座风雨桥
都是单向的
从过去到现在往未来
一路穿越滚滚红尘的过滤
是否有天意安排

西江，千户苗寨和我们

也是单问的
是否冥冥之中也注定了
一起走过
某一段烟雨

请给我一些时间
去加持万物，而后
写下几行经书，再
从前生走到今世去往来生

    2021年5月29日于贵州千户苗寨

注：发表于2021年8月上《青春岁月》。

在荔波,永远不要停止说爱(组诗)

1

从秘境中出走
就坦坦荡荡往前
地球腰带上的绿宝石啊
是母亲凝望我的眼眸

2

既然远方是大海
既然胸怀浩瀚星空
家里的矿
铜锡金银铝
统统都不要了
我就背水前行

3

我从山涧奔流而下

猛龙洞挡不住
拉雅瀑布，翠谷瀑布留不住
鸳鸯湖，响水河流拦不住

4

哪怕我粉身碎骨
如果摔成瀑布
那是我的秀发
如果摔成波涛
那是我的庄稼

5

我拼好零散碎片的自己
山间的险滩与石头
组成我的坚硬的骨架
从此，我就有了
你永远数不清的骨骼

6

我从来没有忘记
身后母亲的嘱咐
如这两岸青山般语重心长
我亦从来没有忽略
大小七孔的真心挽留

那望穿秋水后的
望穿双眼

7

我没有回头
带着勇敢与执着
奔赴大海与远方
我一直保持热情澎湃的姿势
永不停止说爱

8

君若不信
你舀干河水
或者敲开河中任何一块石头
那铁石的骨头里
是否
有水一般的柔肠

9

要么
你朝每一条河每一个湖
每一座桥每一段岸边看去
一万个播撒爱的影子或者我

都在水一方

2021年5月27日作于贵州荔波大小七孔桥

注：发表于2021年8月上《鸭绿江》（总第859期）。

明天我要来（组诗）

1

梦中的黄果树
还停留在梦中
瀑布在梦河里
流淌成口水飞流直下
哗哗自云贵高原
流向长江与大海
梦醒或者不醒
明天我要来

2

月色装饰了
整个荔波古镇
布依十三坊的繁华
逆向穿越唐宋元明清

好像也曾一身银饰
好像也曾一身布依服饰
好像也曾是刺绣坊里
最美的那个女子

那些模糊的人和事
在梦中没有找到的
我要来古镇寻觅
直到找到为止
明天我要来

3

荔波大小七孔桥
每一个桥洞
都是我望眼欲穿的心

注：发表于 2021 年 8 月上《鸭绿江》（总第 859 期）。

我把整个四月泡在一个透明的玻璃杯里

面对面坐下来
不再谈三月的小雨
我把四月的每一天
按成分与味道
分成 30 份

每一天有不重复的
咖啡,牛奶,各种茶趣
与水果味饮品
以及酒水系列

我把所有关于饮料的记忆
混合成一种全新的味道
我把所有香型的酒
重新定义
我把所有的雨前茶
精挑细选

我甚至把整个四月
泡在一个透明的玻璃杯里

注：发表于2021年10月《参花》（总第968期）。

一种夏季的蓝色

一个人怎可抵挡
一季夏风的诱惑

风如子弹
洞穿白云

从琴键收回指尖
是什么,在眼前

天空与大海荡漾
一种蓝色

注:发表于 2021 年 10 月《参花》(总第 968 期)。

六月，如何告别那背影后的牵手

黑夜留给黎明
一个怅然的背影
河水刚涌上心头
顷刻间
潮水般退去

仿佛只有夏季的风
无声漫过心畔沙滩
从此，我就喜欢上
从风的背影里
寻觅一朵云和你的踪迹

一朵云总是喜欢出发
而你总是喜欢离开
喜欢去往不同的风景
喜欢穿着不同颜色的衣服
喜欢在背影后

伸出一只手
拉紧我的手

六月和你，此刻
一个拉着我的左手
一个拉着我的右手

我想问你，可否回眸一次
我想看看云一般的你
是不是，我们即将一起抵达的
七月

注：发表于 2021 年 10 月《参花》（总第 968 期）。

一朵花开,不为了什么

好像一切都在萌芽,譬如
额头上细密的皱纹
如果你
读得懂七分

好像一切都在生长
冬日的白雪
覆盖不住滚雪球的
红梅与小手

好像一切都在酝酿
时光正准备煮酒
所有干柴
正遇上烈火

我没有什么好说的
所有的细节

都踩着脚印
含苞欲放

一朵花开
不为了什么
她只是完成了
内心的一种抵达

注：发表于2021年10月《参花》（总第968期）。

七 月

七月
盛满醉人的夏天
你端着的那杯
开着许多不同颜色的花
他拿着的那杯
正在结青色转淡黄的果

我也举起杯
原本空空的杯里
蓝天倒下
阵雨与白云

朋友，那就
一起干几杯吧
如果没有醉
再一口闷下这53度的夏天

如果醉了，朋友
你说是夏天，也许是夏天
也许是夏天以外的
一杯春天，半杯秋天

注：发表于2021年10月《参花》（总第968期）。

总有那么一天

总有那么一天
阳光任我折叠,编织与搭建成
围巾,被子与水塔
还有透明的房子

那温暖向阳的一面
只留给你

在随心所欲间
一点点
拉长指尖与希望
也一点点
缩小黑夜与欲望

阳光曾经
遍染我们青春的肤色
再赋予年华以耐心

总有那么一天
一些固化的东西逐渐柔软
下坠的星球在拉升间飘浮

我们一起躺在青草地上
笑着铺开眼睛里的蓝天
露出两朵
白云一样的牙齿

注：发表于 2021 年 10 月《参花》（总第 968 期）。

所有的爱都如一场流星雨(组诗)

1

流星的起源与形成
是否在混沌和朦胧
区分不清的状态中

2

意识一旦形成
鸡和蛋都已经存在
源头交给活水去思考

3

一种生命轨迹
流星般划去
顺流抑或逆流

4

流星是一种状态

消耗着爱的能量
摩擦处伤痕累累

5

爱与被爱
冰与火
互为痛并快乐着

6

火苗的舌尖
遇上冰吻
要么融化，要么冰封

7

多么希望，能永恒如
月亮爱上地球
地球恋上太阳

8

流星的爱情
如一场行雨
每一次都在流浪

9

如果所有人认为的永恒

都只是
时间长河里的一刹

10

如果所有的爱
都如
一场流星雨

11

可不可以，把爱统统交予
所有永恒的刹那，而后
在刹那间永恒

注：发表于 2021 年 10 月《参花》（总第 968 期）。

不 一 样

人的一生
至少要在歌声里发一次呆
至少要在炊烟里发一次傻
至少要在风中凌乱一次心
至少要在雪地里光一次脚

而后，至少
自己把自己撕开一次
自己把自己缝合一次

撕开自己时
你不一定看到了什么
缝合自己时
你不一定填充了什么

但，你一定不要再等
你一定要

骑上骏马，扯开旗帜

你可以大声告诉自己

一切都已经不一样

注：发表于2021年10月《参花》（总第968期）。

某些时候,世界随手翻开或合上经书(组诗)

1

某些时候,生活就是
我们刚双手捧出温暖
却又一股脑儿灌下冰啤

2

某些时候
灵魂正抵达秘境
身体却掉了队

3

某些时候
终于一起抵达
在最后一刹
我们却不约而同
一起放过自己

4

理想和现实
不再理解为诗和远方
诗和远方
也不再做，取和舍

5

某些时候
世界大同
没有你我他，亦没有它
一切皆是我，我将无我

6

整个世界，还有谁？
还有没有这样，一种简单
只是想在某些时候
随手翻一下经书
又随意合上

注：发表于 2021 年 10 月《参花》（总第 968 期）。

仙溪！仙溪！（组诗）

题记：这里的美都与风和水相关，我就生长在这如仙境的小镇，这里婀娜多姿的小溪小河日夜流淌，这里的崇山峻岭伟岸奇趣，这里的茶马古道延伸到一带一路的天边，请和我一起铭记与轻声呼唤这座小镇的名字：仙溪！仙溪！

1

不要问河水从哪里来

不要问溪水从哪里来

不要问云雾缭绕的梅山

仙境在哪里

这里的

每一条山涧，都有

泉水叮咚作响

仙溪！仙溪！

2

芙蓉山，云雾山，云台山

雪峰山，昆仑山，十万人山呵
都有同一个名字梅山
但我们只有一个乳名啊
仙溪！仙溪！

3

每一滴泉水
都从冰碛岩的心里渗出
都如同母亲香甜的乳汁
有些不同的是，在这
清澈，透明，纯净
一种液态的思念中
我舀起一碗泉水
泉水和心儿一起跳动
心跳的声音和节奏整齐划一
仙溪！仙溪！

4

这里的每一座茶园
渐渐叶绿情浓
浓到深处
煮一壶仙溪之水作解药
化开如茶往事
从昨天到今天去往明天

茶余饭后的话题都是

仙溪！仙溪！

5

海螺水泥厂，风力发电场

抽水蓄能项目，梅山生态文化园

黑茶贡茶仙茶园等

大中小项目

扎堆而聚

新农村欣欣向荣

新城镇拔地而起

仙溪！仙溪！

6

这一切都与风和水相关

这一切都与国强民富相关

而一座小镇

时而少年如玉

时而亭亭玉立

这座小镇有一个美丽的名字

仙溪！仙溪！

7

诸位看官啊，请听

风正在唱响她的名字

水正在奏响她的名字

回音与风声二重奏远方与愿境

水声和应着未来与仙境

仙溪！仙溪！

注：发表于 2021 年 12 月《参花》(总第 974 期)。

资江！资江！（组诗）

1

江水的流向
有时丰满
有时苗条

2

我想站在
河流与心跳一起加速处
让天气替我辨别与说出，喜欢与爱

3

江水的横切面
千层波纹，一条鱼
为何不居住在最温暖的那一层

4

群山环抱

江水一边成长,白鹭一边追逐
是否她们都去向了远方

5

一颗心抛下牵挂的锚
任沙石流水冲刷
慢慢,锈迹斑斑

6

思念的量子不停纠缠
那些锈迹
一片片脱落

7

日常里钢铁的一面
生活如流水柔情的另一面
在握紧与流逝间

8

喜欢总是属于
能看到的风景与美好
爱却只属于从内心深处
静静地泉涌而出

9

喜欢总是睁开眼睛
色香味俱全
爱总是闭上双眼
用心去感受

10

灵魂散发的香气呢
会不会,既有
切肤的喜欢
又有,纯粹的爱

11

我愿是江水里的一条小鱼
我愿是左岸树林上的一只白鹭
等你有天归来,对我呼唤
资江!资江!

注:发表于2021年12月《参花》(总第974期)。

安化！安化！（组诗）

1

如果可以

我想在这里重生一次

我再一次出生在这个名叫

田之坪的小山村

住在一座炊烟袅袅

但漏风的木房子里

笑声常常从缝隙中

四处漫延出来

与漳水河汇合从屋前缓缓流过

2

如果可以

我想再一次躺在妈妈的怀里

牙牙学语

妈妈去山上地里干农活时

年过八十的奶奶

时刻守护着我

她裹过小脚的步履,蹒跚

如果是夏天

奶奶会一直为我摇着大蒲扇

机械化的动作不知疲倦

也从不停歇

3

如果可以

我会屁颠屁颠

追着两个哥哥和两个姐姐身后

要他们带着我玩

不允许他们躲着我

要他们带我走到镇上县城

吃我喜欢的糖果,冰棒

看电影买图画书

4

如果可以

在爸爸下班回家之前

在天黑之前

我就不那么贪玩

早早回家

不让爸爸妈妈满村子找我
找回以后挨训受教

5

如果可以
我再回到从前那个小小少年
读书，学习，劳动
一样都不落下
风景，小吃，爱情
每一样都经历

6

如果可以
我再经过这片土地时
我将满怀深情战栗着俯身亲吻
我再看到小花小草小狗小鸟
我都给它们取一个好听的名字
这里的每条河流弯得有意思
这里的每缕清风柔软如溪水

7

如果可以
梦里的妈妈回到小山村
如果可以

我们在外的游子
带着或多或少的收获
都不约而同回到家乡
我的爸爸妈妈，亲朋好友们
如果外面的朋友们问我
他们叫什么名字
朋友们，他们的名字都叫
安化！安化！

8

家乡的父老乡亲们
如果你们也偶尔思念
我们身在远方的游子
请朝大山外大声呼唤我们的名字
安化！安化！

注：发表于 2021 年 12 月《参花》（总第 974 期）。

益阳！益阳！(组诗)

春　笋

一夜之间
一座银城
一片片雨后春笋

桃　花

笑靥绽放在祖国的枝头
粉红，嫣然
幸福悄然成为底色

桃　子

桃花江两岸
屈原临江赏桃花等你
也等三千桃熟

葡　萄

沿着资江的藤蔓

挂满一串串诱人的葡萄
小城小镇小山村

杨　梅

杨梅待熟
坐在一座梅城等你
梅青梅黄梅红

黑　茶

把自己泡在一杯时间里
把我们泡成一壶黑茶
稍苦，微甘，浅甜

黄 皮 梨

冰心如雪
黄色的皮肤
一张张黄色的脸

酸　枣

一树的灯笼
如半透明的星星
酸酸甜甜的爱意

救 兵 粮

鲜红火红在山野

吞下这火焰和燃烧

救过蚩尤的千军万马

神　　酒

汉子勇士战狼们

干几杯梅山神酒，打马古道

抓远方缰绳在手，甩几鞭往事如风

注：发表于2021年12月《参花》（总第974期）。

梅山！梅山！（组诗）

1

一千条路
从梅山通往
一万个远方

2

一把收起
撒开的网
所有的归期，皆挂在渔网

3

是不是每个人都想
有打不完的鱼
却只在梦中，结网与晒网

4

一想到家乡

就傻傻地分不清
渔和鱼

5

有时，我们互为鱼
有时，我们互为渔
有时，我们分不清娱和愉

6

鱼和渔里有收获
鱼和水间有依存
唇齿间到底用什么相依

7

血脉之间连接点在哪
水转筒车舀不完的
不只是如水思念

8

除了家
除了牵挂
除了题外话

9

一万个方向

一千条路
都会回流,去向一个叫梅山的地方

10

从哲学的漳水河走出来
一万个远方
都是同一个源头

注:发表于 2021 年 12 月《参花》(总第 974 期)。

2022 年发表的作品

我喜欢这样的一月

我喜欢这样的一月
阳光在我醒来之前
铺满一座鹏城
她不说话
她径直穿过卧室的落地玻璃
走入我的身体与血液里

我喜欢这样的一月
阳光从心里开始
叫醒我

我喜欢这样的一月
坐在阳台的藤椅上
晒一时半会的太阳
在身体里的太阳渐渐暖心
照在身上的阳光

我把她拿一件过来
披在身上
我再拿一件小小的
披在一只叫小雪的小猫身上

我喜欢这样的一月
365级台阶
我刚跨上第三级
沿途有什么样的风景
遇到什么样的人和事
我都准备了
几件阳光作为手信

我喜欢这样的一月
阳光在我的心里有形状
阳光在我的手里有重量
阳光在我的口中说出时
那是甜美与祝福

此刻，我更喜欢这样的一月
阳光在我的指尖
潺潺流淌出
温暖和小诗

注：发表于2022年3月中《参花》（总第983期）。

致 2022 年

仿佛被施了魔法
时间滑了一脚
站稳时
已身在 2022 年

最专一的是心
最花心的是心情
新年里有雾霾朦胧天空
就有阳光
不急不慢而来

阳光驱走大部分的寒意
阳光散开大部分的雾霾
但，什么都保留一点
譬如大部分的运气
如果给了人间
我们仍需要付出

小部分的奋斗

譬如大部分的时间
给我们说着新年快乐
总有背后小小的影子
小到一个容易忽略的点
如原乡的惆怅
游入湖或心

注：发表于2022年3月中《参花》（总第983期）。

一场雪,一场诗

那么多的雪
那么多轻盈的精灵
一场雪或者一场诗
一起铺天盖地

大雪堆积时间的间歇,赋予
纯色以厚重
时间下沉时
情感一朵朵遇冷结冰

我忍不住写一首小诗
把过期的回忆
掩埋在冰雪之下

再为今天写下几行
要么
把所有之前写的诗行

撕碎成雪花
覆盖在这冰天雪地上

至于明天
雪和诗之间
那些过夜想说的话
如果我还没有醒来
不要太急着说出
也不要太急于
接近寒冷或融化

注：发表于2022年3月中《参花》（总第983期）。

扶过风

把一字一句
拼成栏杆围墙与梯子
散落的
扎成心上的一道篱笆墙

风若此时来
我会双手扶着风
翻过那些
所谓的墙

注：发表于2022年3月中《参花》（总第983期）。

溶

夕阳在舌尖
一触即溶
黄昏在指尖
弹指即溶

是否此刻
天将黑未黑
是否此刻
梦还在路上

是否要温馨提示
某个人或者某个场景
不要停留在浪花的心尖

注：发表于 2022 年 3 月中《参花》（总第 983 期）。

背　　影

她站在子夜
她站在楼梯的入口处
她站在灯光温暖的一面

她站立的身旁
银杏叶呈现金黄色
她站立的脚前
金黄的银杏叶一片片落下
一片片堆积着什么

她从傍晚开始
就站在这里
她的小挎包里
应该有一份小小的礼物

她在来之前
细心梳理了秀发

淡妆如素

她在来之前
精心搭配了服饰
净色的上衣，小花的裙子
厚底高跟的新鞋

她又一次低下头，这一次
手机微信也许有了回音
也许不远处
正传来脚步声

注：发表于2022年3月中《参花》（总第983期）。

一　天

走在时间的嘀嗒声上
像踩在水面的镜面上
像踩在冰面的薄面上

突然分不清
彼此隐形的裂缝
是自己踩痛了影子
还是影子踩痛了我

一样的天空
上下对称着
从同一个平面
我和影子
不约而同展开翅翼

时针与分针
也展开翅膀

秒针不停读着秒表

秒杀被某些事物

浪费的时间

注：发表于 2022 年 3 月中《参花》（总第 983 期）。

一 杯 酒

想说的
在一杯酒里

不想说的
也在一杯酒里

你品，我喝
你喝，我品

品的是生活
喝的是人生

酸甜苦辣
无非就是一杯酒
春夏秋冬
无非就是一杯酒
风花雪月

无非就是一杯酒

你举起杯
我举起杯
荣华富贵
无非就是一杯酒

干了这一杯
聚散离合
无非就是一杯酒

干了这一杯
要么,倒下去彻底忘记
要么,醒过后从头再来

注:发表于 2022 年 3 月中《参花》(总第 983 期)。

一只篮子

仿佛，我提着的是生活
早上轻一点
傍晚，沉一些

篮子里的鸡蛋
易碎的形体
有生命在破壳
多像我看到的小小世界

这个傍晚
我提着一只篮子
晚风提来夜幕

注：发表于 2022 年 7 月 18 日《扬子晚报》B04 版《诗风》。

山水之间

三两只白色的小鸟
在山水之间
一点飞鸿影下
偶尔轻点湖面
有小鱼和应着,偶尔
漾起小小涟漪
年轮拿起桨
一圈圈往外扩散
划向远方

注:发表于 2022 年 7 月 18 日《扬子晚报》B04 版《诗风》。

冷 岳 河

冷岳河蜿蜒而来
她的源头流淌乳汁的营养
她的上游秀出肌肉与力量
流到古镇的上段
一位少年玉树临风
经过古镇时
一位美少女亭亭玉立

注：发表于 2022 年 7 月 18 日《扬子晚报》B04 版《诗风》。

帆

是否,心里也掠过
三两只白色的小鸟
这面前的山山水水
是否此刻全倒映在心里
在小鸟和小鱼之间
那荡漾着的空气抑或湖水
又为何总是两两隔离
白色正在扬帆
下一个港口

注:发表于 2022 年 7 月 18 日《扬子晚报》B04 版《诗风》。

临界点

风一点点凝固
石头一样的决心里
如何轻转叶片,吹出
石头裂开后的风

石头一般的诗句
依然,如麦芽没有糖
味觉冬眠在
冰或者火的临界点

一些风,也许在某处流淌
一些风,也许在滚石成行

注:发表于 2022 年 8 月 2 日《江苏经济报》。